넌 정말 멋져

미야니시 타츠야 글·그림 | 허경실 옮김

아주 먼 옛날
난폭하고
심술궂고
뻔뻔스럽고
자기밖에 모르는
공룡이 있었어요..

달리

빠직──!
우지끈──!
캬오오──!
"티라노사우루스가 나타났다."
"모두 도망쳐!"

쿵쾅 쿵쾅—!
쿠쿵—!

"우헤헤헤. 약한 녀석들은 빨리 도망치는 게 좋을걸.

잡히면 뿔을 뚝 부러뜨리고, 꼬리를 콱 깨물어 주마. 우헤헤헤……."

"살려 줘!"

스티라코사우루스들이 소리쳤어요.

"살려 달라고? 천만의 말씀.

그렇게 느릿느릿 도망치면 나한테 잡힌다, 우헤헤헤."

티라노사우루스는 눈을 번뜩이며 말했습니다.

스티라코사우루스들은 온 힘을 다해 도망쳤습니다. 하지만…….

결국 벼랑 끝에 서고 말았어요.

"너희는 이제 끝이야."
티라노사우루스는 점점 더 가까이 다가가더니,

"크크크!
더 이상 도망칠 데도 없다."라고
무서운 목소리로 말했어요.

바로 그때 **우르릉** 벼랑 끝이 무너져 내렸어요.
스티라코사우루스들은 벼랑 끝 나무 위로 간신히 몸을 피했지만
덩치가 산처럼 커다란 티라노사우루스는,

쿠워워워-!
바닷속으로
떨어졌어요.

풍덩! 어푸 어푸 어푸.
티라노사우루스는 수영을 하지 못해서
움직이면 움직일수록 점점 더 깊이 가라앉았어요.

"으윽, 괴로워. 제발 아무나 도와줘!"
티라노사우루스는 바닷속으로
천천히 천천히 가라앉고 있었어요.

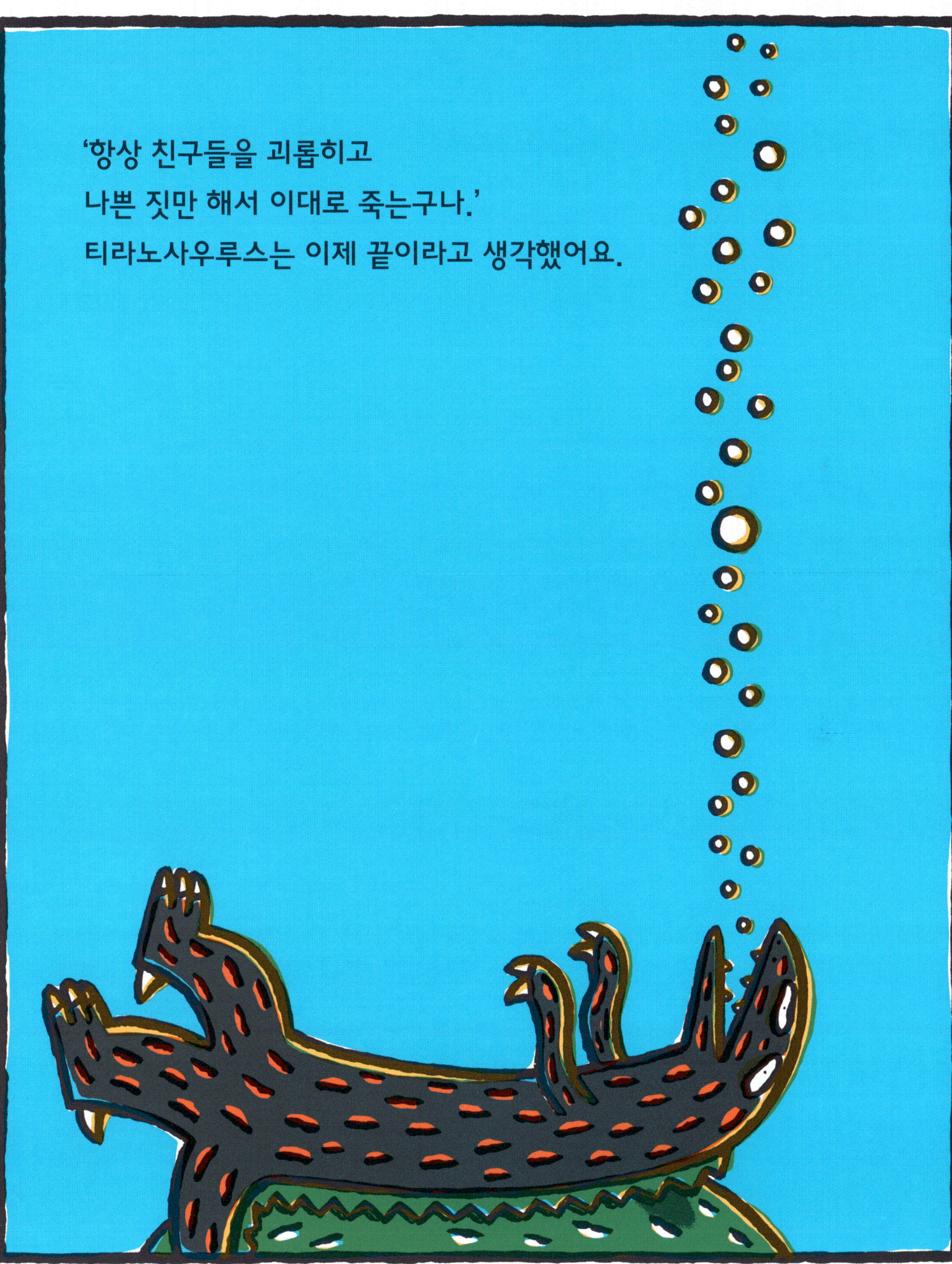
'항상 친구들을 괴롭히고
나쁜 짓만 해서 이대로 죽는구나.'
티라노사우루스는 이제 끝이라고 생각했어요.

바로 그때였어요.
바위 같은 게 스르륵 다가오더니,
몸이 조금씩 조금씩 위로 떠올랐습니다.

철퍼덕!
누군가 티라노사우루스를 모래사장으로 던졌어요.
숨을 쉴 수 있게 되어 다행이었지만
등을 세게 부딪히는 바람에 정신을 잃고 말았어요.

할짝할짝…….
눈을 떠 보니 누군가 상처 난 등을 핥고 있었어요.
"넌 누, 누구냐? 나 같은 건 먹어 봤자 맛도 없다."
"**하하하**, 너를 먹는다고? 난 엘라스모사우루스라고 해.
등에 난 상처를 치료하고 있었어."

“네, 네가 날 구했어? 어째서 날 구해 줬지?”
“네가 ‘제발 아무나 도와줘.’라고 말했잖아.”
그러곤 미소 짓는 엘라스모사우루스를 보니
왠지 모르게 이상한 기분이 들었습니다.

"고, 고맙다."
티라노사우루스는
태어나서 처음으로 고맙다고 말했습니다.
마음 한구석이 따뜻해지는 것 같았습니다.

꼬르륵.
"배가 고프구나? 잠깐만……."
엘라스모사우루스가 바닷속에서
조개를 가져왔습니다.
"맛있다. 이런 음식은 처음이야."
"다행이다. 넌 주로 뭘 먹어?"

"난 고기. 아, 아니 빨간 열매."
티라노사우루스는
자기도 모르게 거짓말을 하고 말았어요.
"빨간 열매? 맛있는 거야?"
"내가 다음에 가져다줄게, 우걱우걱……."
"넌 송곳니와 발톱이 뾰족해서 정말 셀 것 같아."
"응, 맞아. 내가 세긴 세지."

그러자
엘라스모사우루스는
슬픈 목소리로…….
"바닷속에 사는
강한 녀석들은 늘
약한 친구들을 괴롭혀.
내 등에 있는 상처도
그 난폭한 녀석 짓이야."

"못된 녀석이네.
난 약한 친구들을
괴롭히는 심술쟁이는
딱 질색이야."
티라노사우루스는
또다시 거짓말하고
말았어요.

"그런데 육지에도 티라노사우루스라는 난폭한 공룡이 있다고 하던데?"
티라노사우루스는 가슴이 쿵 하고 내려앉는 것 같았어요.
"나, 나는 티라노사우루스 같은 거 잘 몰라!"

엘라스모사우루스는 티라노사우루스를 가만히 쳐다보았어요.
"너처럼 친절한 공룡을 만나서 다행이야. 넌 친구도 많을 것 같아!"
"으, 응……, 너…… 너는?"

“나는…… 친구가 없어.”
“그럼 오늘부터 나랑 친구하자. 내일도 여기서 만나.”
엘라스모사우루스와 인사하고 돌아오는 길에
티라노사우루스는 가슴 한구석이 콕콕 아파 왔습니다.

다음 날 티라노사우루스는
엘라스모사우루스의 꼬리를 꼭 잡고
얕은 바다를 산책하고,

그다음 날에는
티라노사우루스가
엘라스모사우루스를 업고
육지 구경을 시켜 주었습니다.

둘은
그다음 날도
또 그다음 날도
만났습니다.

티라노사우루스는 엘라스모사우루스와 언제까지나 함께하고 싶었어요.
영원히 영원히 언제까지나……

티라노사우루스가 빨간 열매를 따러 숲으로 가자
낮잠을 자고 있던 스티라코사우루스들은 깜짝 놀랐습니다.
"으악! 티라노사우루스다! 도망쳐."
그런데 티라노사우루스가 조금 이상했습니다.

"걱정 마. 빨간 열매만 따고 갈 거야."
티라노사우루스는 히죽히죽 웃으며
빨간 열매를 잔뜩 따서 바다로 갔습니다.

캬오-!
티라노사우루스가 큰 소리로 외쳤지만
엘라스모사우루스가 나타나지 않았습니다.
"무슨 일이지?"
티라노사우루스는 빨간 열매를 가득 안고
계속해서 기다렸어요.
어느덧 해가 저물어 밤이 되었습니다.

첨벙 첨벙 첨벙.
엘라스모사우루스가 천천히 다가왔습니다.
"안녕! 친구. 오늘은 빨간 열매를 갖고 왔어."라고
티라노사우루스가 말하려던 순간이었어요.

"도, 도와줘……!"
엘라스모사우루스가
티라노사우루스의
바로 앞에서 가라앉고
있었습니다.

풍덩!
티라노사우루스는 엘라스모사우루스를 구하려고
깊은 바다에 뛰어들었습니다.

철퍼덕!
다시 밤바다가 고요해질 무렵……

어푸푸-.
티라노사우루스가 엘라스모사우루스를
품에 꼭 안고 물속에서 나왔습니다.
엘라스모사우루스는 난폭한 바다 공룡에게 물려
큰 상처를 입은 채였습니다.
"어떻게 이렇게 심한 짓을 할 수가 있어!"

티라노사우루스는
엘라스모사우루스를
꼭 안고 바닷가로
올라왔습니다.

엘라스모사우루스는 눈도 뜨지 못했습니다..
티라노사우루스는 엘라스모사우루스를 꼭 안고 눈물을 터뜨리고 말았어요.
워어– 우워어!

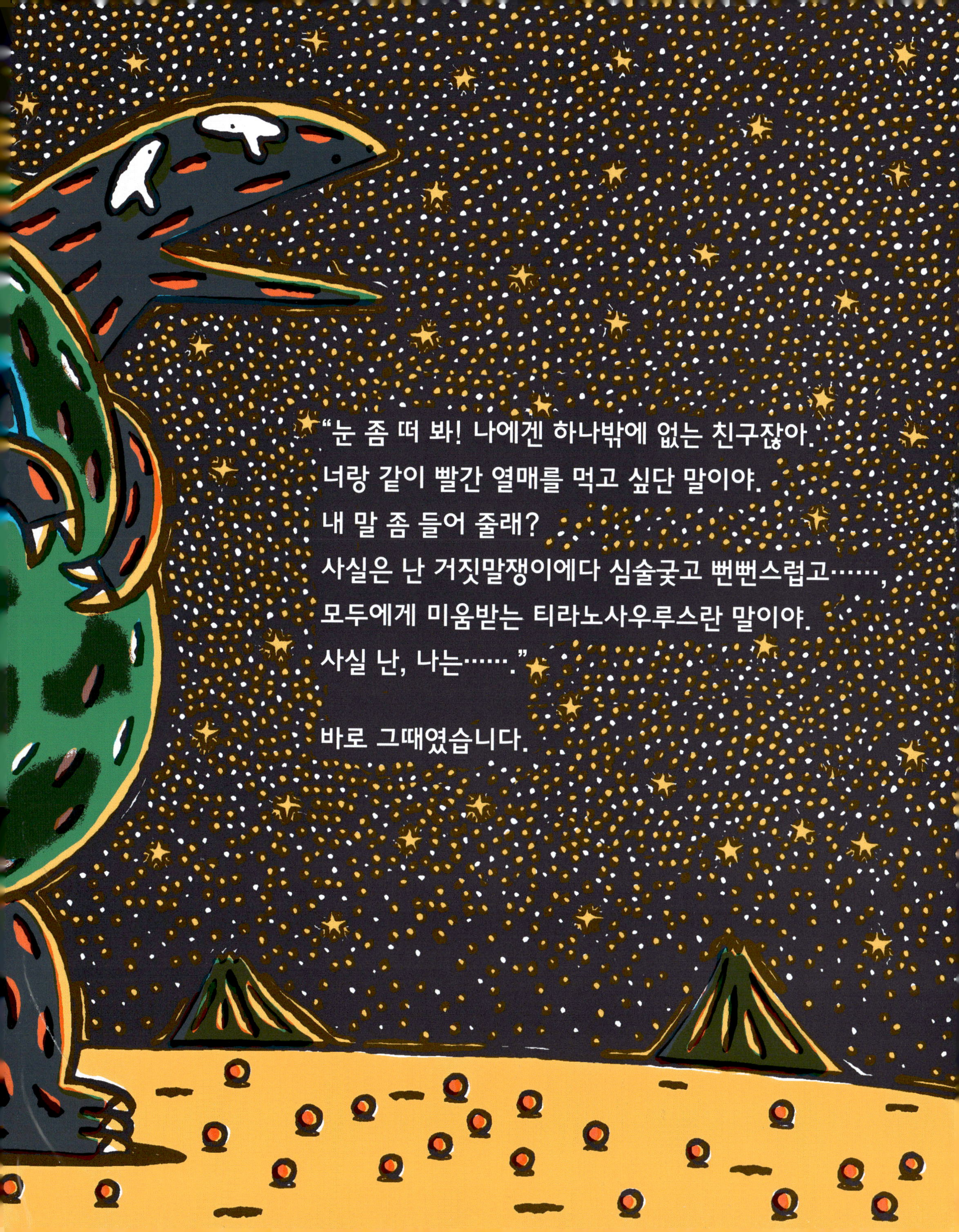

"눈 좀 떠 봐! 나에겐 하나밖에 없는 친구잖아.
너랑 같이 빨간 열매를 먹고 싶단 말이야.
내 말 좀 들어 줄래?
사실은 난 거짓말쟁이에다 심술궂고 뻔뻔스럽고……,
모두에게 미움받는 티라노사우루스란 말이야.
사실 난, 나는……."

바로 그때였습니다.

"넌, 친절하고 상냥한 내 단 하나뿐인 친구야. 넌 정말 멋져."
그렇게 말하고 엘라스모사우루스는 부드러운 미소를 지었습니다.
고요한 밤바다에 티라노사우루스의 울음소리가 울려 퍼졌습니다.

미야니시 타츠야는 일본 시즈오카현에서 태어나 일본대학 예술학부 미술학과를 졸업했습니다. 인형미술가, 그래픽 디자이너를 거쳐 그림책 작가가 된 미야니시 타츠야는 개성 넘치는 그림과 가슴에 오래 남는 이야기로 전 세계 독자들에게 널리 사랑을 받고 있습니다. 〈고 녀석 맛있겠다〉 시리즈 외에도 《엄마가 정말 좋아요》, 《말하면 힘이 세지는 말》, 《신기한 씨앗 가게》, 《찬성!》, 《메리 크리스마스, 늑대 아저씨!》 등 많은 책이 우리나라에 소개되었고, 《고 녀석 맛있겠다》로 '겐부치 그림책 마을' 대상을, 《오늘은 정말 운이 좋은걸》, 《누구 젖?》으로 고단샤 출판문화상 그림책 상을 받았습니다.

허경실은 1973년 부산에서 태어나 일본 나고야에서 국제경영학을 공부했습니다. 두 아이의 엄마로, 출판사에 근무하면서 《고미 타로의 색깔 그림책》, 《나는 티라노사우루스다》, 《넌 정말 멋져》, 《영원히 널 사랑할 거란다》, 《나에게도 사랑을 주세요》, 《나는 당신을 사랑하고 있어요》를 비롯해 일본의 좋은 그림책을 우리말로 옮기고 있습니다.

넌 정말 멋져

1판 1쇄 펴냄 2011년 8월 17일
1판 28쇄 펴냄 2024년 12월 2일

글·그림 미야니시 타츠야 | 옮긴이 허경실
기획·편집 박소연 | 디자인 심흥섭 안선주
펴낸이 박소연 | 펴낸곳 (주)도서출판 달리
등록 2002.6.4(제10-2398호)
주소 04008 서울특별시 마포구 희우정로 16길 17-5
전화 02)333-3702 | 팩스 02)333-3703
ISBN 978-89-5998-094-9 74800
ISBN 978-89-90364-52-4(세트)